U0007826

引路人

GUIDES to the WORLD BELOW

2

漫畫—　　編劇—
羅寶　　桑原

Contents

第二十條路　　**不要出去**　　　　　　　　　3

第二十一條路　滔天大罪　　　　　　　　　15

第二十二條路　更理智而已　　　　　　　　29

第二十三條路　酆都大會　　　　　　　　　41

第二十四條路　山難　　　　　　　　　　　57

第二十五條路　魔神仔　　　　　　　　　　69

第二十六條路　陪伴　　　　　　　　　　　81

第二十七條路　忘川河畔　　　　　　　　　95

第二十八條路　真正的對手　　　　　　　　107

第二十九條路　三昧　　　　　　　　　　　119

第三十條路　　**最後的任務**　　　　　　　131

第三十一條路　忘川河的管理者　　　　　　145

第三十二條路　願力服人　　　　　　　　　161

第三十三條路　內戰　　　　　　　　　　　175

第三十四條路　師子奮迅　　　　　　　　　191

第三十五條路　笑吧　　　　　　　　　　　207

第三十六條路　不用心的人　　　　　　　　221

第三十七條路　我做得到　　　　　　　　　233

第三十八條路　平凡人　　　　　　　　　　249

第三十九條路　選擇　　　　　　　　　　　265

◆ **引路人四格小劇場**　　　　　　　　　280

第二十條路
不要出去

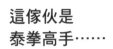

媽的……
明明是泰拳……

怎麼又變成……

詠春……

呼……

呼……

你先去把
東西收一收，

讓爸爸打個
電話……

海馬，我是
阿駿，對……

你先讓我說！

你能不能幫我
搞一條船，
越快越好！

……好，地址
在哪……

子言，你先躲在
衣櫥裡，

不管外面
發生什麼事情
你都不要出來，

爸爸去辦一點事，半個小時
以後就回來接你，我們再一起
出國旅遊……

點頭

他爸爸一直以為子言只是比較害羞，

他的狀況是無法根治的。

事實上，子言患的是俗稱的自閉症……

這件事之後，更讓他出現了解離障礙，

子言的世界徹底崩塌了……

後來呢？他爸爸沒有弄到船？

我也不知道……

他爸爸……

再也沒有回來了……

第二十一條路
滔天大罪

嗡

嗡

唔……

不要出去……

子言……

走吧……

我們離開這裡……

子言，已經過了兩個星期了，

你願不願意跟媽媽說發生了什麼事呢？

爸爸說不要出去……

不要出去……

這樣吧，

媽去準備一點吃的，

子言乖乖待在這裡不要亂跑喔！

爸爸！ 媽媽！

爸爸！

媽媽！

不要丟下我……

爸爸……
媽媽……

小朋友，
你就是陸子言吧！

總算找到了，
怎麼會跑到離遺體
這麼遠的地方來？

19

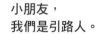

小朋友，我們是引路人。

我叫盧清，他叫韓德。

爸爸……

媽媽……

我們是來帶你前往下個世界的。

？

……他聽不到嗎？

花了太多時間了，後面還有一堆靈體要接引咧。

我哪會知道，趕快把他帶回去吧，找半天居然跑到市區來了，怪不得土地公都找不到。

小朋友，你不能待在這裡唷！

叔叔帶你去安全的地方好不好？

唉……

原來是戴著這玩意兒啊，難怪聽不到我們說話。

啪

還給我……

台南市政府代天府

吳王爺！
不好了！

哈啊～

幹嘛～上個月的
報表我早交了～

不、不是的！
靈、靈體出狀況了！

出狀況找引路人去
解決啊～跟我說幹嘛～

引路人……盧清爺
和韓德爺身受重傷！
范王爺正在搶救啊！

!?

從來……從來沒遇過
這麼大條的事情……

簡直……比兩津勘吉的
眉毛還要大條……

千歲爺……
現在不是搞笑的
時候了……

聽好，市區全面拉起
封鎖線，公關部門
立刻擬定對外新聞稿。

還有，等等幫我撥通
電話，我……親自向
地藏王菩薩稟告……

千歲，怎麼搞出
這麼大件事啊？

你來得正好，

你和范王爺現在立刻去人間把陸子言的靈體帶回來。

我？

和小范一起？

……

記住，安全第一。

如果遇到什麼狀況……我……准許你自行處理……

……

千歲，對方是什麼來頭？需要我們兩個都去。

對方……只知道是個孩子……

其他還不清楚……

……知道了，小范，走吧！

嗯。

千歲爺，對方可是能同時對付盧清爺和韓德爺……

不多加派點人手去支援嗎？

你知道台北的謝必安嗎？

千歲爺指的是白無常？
那個戰鬥天才？

嗯……
如果吳王爺和范王爺
出面都解決不了，

那我們派再多人去
都沒用……

因為……吳王爺，
就是我們的謝必安。

第二十二條路
更理智而已

●REC

……接下來，

就是你們知道的……

●REC

我回來後，

發現子言已經和你們打起來了……

……

他是個有趣的孩子，

讓我想起了當年和困仔公交手的美好回憶啊……

這部分要多謝妳的幫忙，子言讓我們吃了不少苦頭呢，

雖然妳不介入，我們兩人拿下子言的機率也不算低，

但如果可以，我只做百分之百有把握的事。

你們……會怎處置子言？

傷害引路人可是重罪，
最輕也是叫喚地獄吧。

但子言
他⋯⋯！

⋯⋯！

⋯⋯

關上

這麼說吧，發現子言
天賦的不只妳一個，

我和范王爺⋯⋯
也對他印象深刻，
嘻嘻！

你的意思
是⋯⋯

你們可以
幫助他？

陳守娘，妳覺得
妳是一個完美的
人嗎？

⋯⋯

這是
什麼意思？

完美？
當然不是

正確的判斷。

應該說⋯⋯

他們的優點，
往往就是最顯而
易見的弱點。

這世上沒有
完美的人，

不管是再慈悲、
再強大的人也一定
有他的缺陷。

⋯⋯？

子言的事，
妳不用擔心，

他不會進任何
一間地獄。

！

真的嗎？

你救得了他？

別忘了，

我只做百分之百有把握的事。

什麼？

如同我說的，
陸子言非蓄意傷人，
而是防衛過當，

當然還是要予以懲戒，
但地獄之刑未免過於激進。

老三……
你到底在
說什麼？

他可是
傷了盧清爺和
韓德爺啊……

正因如此，

我們急需有人接替
他們引路人的職位，

我的想法是，由我
和小范親自上任，

並偕同陸子言做為
實習引路人，讓他
將功贖罪。

注：五府千歲為結拜兄弟，所以此處李千歲稱吳王爺為老三。

這點大哥大可
不用操心，

老三，你和小范如果
願意重操舊業，那絕對
是幫了我一個大忙，

但……恕我直言，
陸子言的事，
我不贊成。

何況就算我允諾，
這也不是我一人可以
決定的事……

我已經先行和
老師請教過了，

老師也同意我的
想法。

34

沒什麼，只是和老師請教了一些法律問題。法律的用意是為了保護百姓還是懲罰百姓？

對無行為能力的精神疾病者而言，我們該幫助他還是該摧毀他？如此而已。

……你對地藏王菩薩說了什麼？

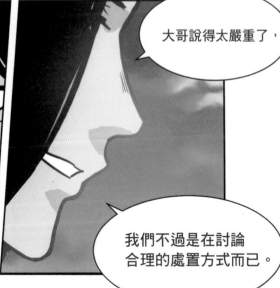

……你想利用地藏王的信念，替陸子言脫罪？

大哥說得太嚴重了，

我們不過是在討論合理的處置方式而已。

法律並不是我們一句話就能決定的，即便是地藏王……

沒錯。

法律不是我們一句話能決定的，

但卻是另一個人一句話能決定的。所以，我也請示過酆都爺了。

……

……他怎麼說？

全權交由五殿閻羅王稟公辦理，但他會多加「提醒」兩人執法尺度。

注：酆都爺掌管地獄一切事宜，底下配有十殿閻羅。

畢竟誰都不希望這種問題人物進到地獄滋事，對吧？

……

……既然你都處理完了，還跟我說幹什麼？

……

向千歲稟告工作進度是下屬的責任，更重要的是，

你先下去吧。

希望大哥能在下個月的酆都大會上，向北部及中部的行政機關表達你的立場，避免內部口徑不同引起不必要的媒體輿論。

遵命。

為什麼這麼做？

不該這麼問，

應該問，
這麼做
會怎樣？

......

不這麼做的結果是
代天府少了兩個引路人，
必然是我們下去接，

而輿論的風向將
代天府無能，一
患有精神疾病的
被關進地獄，兩
引路人報銷。

堂堂代天府，
連個孩子都沒輒，大眾
對陸子言抱予無限同情
少部分蠢貨則對他投以
無限崇拜……

……但如果我保住
陸子言會怎樣？

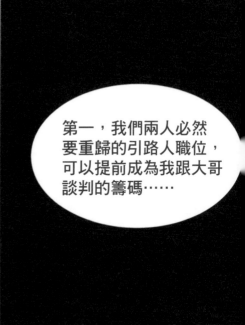

第一，我們兩人必然
要重歸的引路人職位，
可以提前成為我跟大哥
談判的籌碼……

而且陸子言的實力你也見識過了，

代天府百分之百確定預留一名正式引路人資格。

第三，大眾氾濫的同情心和盲目崇拜將全部湧向代天府，

得民心者得天下……

第二，陳守娘誰都招惹不起，寧願讓她成為朋友也不要變成敵人。

保住陸子言，陳守娘就欠了我們一個人情。

同時也幫酆都爺解決了一個麻煩，日後地獄事宜我們講話都能大聲點。

自古以來，皆是如此。

懂了嗎？

為什麼不重要，
重要的是會怎樣。

你……
很可怕……

不對，

我只是比其他人，

更理智而已。

第二十三條路
酆都大會

記者目前所在位置是台中市政府天后宮前，

一年一度的酆都大會即將展開⋯⋯

今年最受矚目的議題無非是陸子言的審判，

各方人權團體及協會也早早就到會場陳情⋯⋯

⋯⋯是！
這裡和觀眾說明最新消息，

北部引路人已經抵達會場，我們馬上把鏡頭交給另一名記者！

請問你們對這次的事件有什麼看法？

這次的事件是否反應了引路人的素質漸趨低劣？

七爺！七爺請看向這邊！

八爺好可愛！

請問這會影響引路人在社會上的地位及威信嗎？

臭老頭別擋在七爺前面啊！

請進，天后他們已經在會議廳等你們了。

政府帶頭霸凌弱勢！立刻釋放陸子言！

請問陳守娘與這件事有所牽連的傳聞是真的嗎？

七爺～～呀～～

七爺我愛你呀～

以公權力欺負小孩子算什麼東西！

請問陸子言的案件是有心人士在背後操控嗎？

閉嘴。

剛剛那是什麼生物……

是半獸人嗎……

為什麼魔X世界的角色會出現在這部漫畫裡……

43

開門見山，我提議，

我們先把最棘手的案子給處理掉，大家覺得如何？

酆都爺

老夫也是這麼想的。

閻羅王

那麼……就讓我們開始今年的酆都大會吧。

想必大家對這案子已經有基本的了解了，

我也不再贅述……

具有法律效力的判決當然還是要麻煩十殿閻羅，

但這次事件的意義特殊，我想先聽聽諸位的看法。

……

咳……那我先說好了，

我並不贊同媒體所謂的引路人素質低劣，去追究被害者的責任非常荒謬，

何況在座各位都曾擔任引路考的考官，想必很清楚不存在盧清爺和韓德爺實力不足的問題。

問題是……面對一個能夠擊敗引路人的怪物，

把他放進社會是非常大的風險。

城隍爺的意思是，

要把一個患有精神疾病的孩子關進叫喚地獄？

虎爺

注：在民間信仰中，虎爺是孩子的守護神。

45

我並沒有那樣說。

難道不是這個意思嗎？

老實說我也站在城隍那邊。

貓科動物

抓抓

只是責任也不完全在陸子言身上，他是因為耳罩被奪走才造成誤會，

也就是說他並不具有主動攻擊性，但重傷引路人也是事實。

媽 祖

我無權也無能判刑，只是情有可原，

我認為交由楚江王、宋帝王判決即可，不至於要閻羅王出面的地步。

我也贊成天后的看法。

同意。

順風耳

千里眼

老夫出席只是代表對這案件的重視，不一定是由老夫來裁決，

但在公佈十殿閻羅與酆都爺的共識之前，老夫還想聽聽案發轄區……

……千歲的想法。

原來如此……想藉我的嘴巴說出口……

再說一切都是尊重我的意見嗎？

我也對千歲的看法很感興趣。

……我認為以地獄之刑對待孩子是太過激進了，

或許……

有其他將功贖罪的作法……

千歲的意思是……

完全免除地獄之刑？

重傷引路人……不用負責？

當然不是這個意思但民意之所向大家也都相當清楚，

現階段做出懲處我認為並不是恰當的選擇。

怎麼會……

……

不愧是千歲，我原本還下不了決心，

千歲一席話，讓我們豁然開朗。

千歲宅心仁厚果真名不虛傳，老夫受教了。

那麼……

閻羅王……

……

請報告十殿閻羅的判決吧。

根據千歲的回饋，並加以我們此前的意見整合，

如無意外，判決是……

……陸子言免除地獄之刑，以少年事件處理法從輕發落，另交由陳守娘擔任監護人，

台南市政府代天府嚴加看管，並以結界限制其自由。

另外，陸子言終生不得擔任「正式」引路人，

特赦權則將交允地藏王菩薩全權保留，以上。

……！

這之前可沒提過，老傢伙彎精的，想壓制代天府的實力嗎？

沒關係……

大家放心吧，

代天府一定會妥善照顧陸子言，讓他能盡快與社會接軌。

……

先是重傷引路人，又是幾乎無罪釋放的判決……

這個陸子言……到底有多大的能耐？

看來我們有共識了，
時間寶貴……

讓我們接著進行
下一個議程吧。

－半年後－

子言怎麼樣了？

吳王爺好！

子言……跟平常一樣，不說話也吃很少，只是專心在做自己的事……

是嗎……

先這樣吧，有什麼問題立刻通報。

是！

那個……

媒體幫陸子言起了一個綽號，

每天都打電話過來騷擾，請問該如何回應他們……

53

他現在需要的不是名聲，

是時間。

你說那個啊，

別管它就好了，讓媒體自己去吵吧。

是！知道了！

子言，肚子還會餓嗎？
回家要坐很久的火車喔。

子言啊，
你在畫什麼啊？

子言很棒唷！
爸爸很開心喔！

第二十四條路
山難

呼……還……還沒到嗎？

現在才正要開始呢。

說什麼蠢話。

不是說……呼……
這次要牽引一個老人嗎？

他也不跟土地公走？

不是的，
問題在於，

土地公根本
找不到他。

找不到遺體？

在山林間找到
遺體本身就已經
很困難了。

更棘手的是，通常
發生山難的靈體，
並不會意識到自己
已經往生了。

迷失方向感的他們，
會繼續走進深山裡。

嘖，這時候如果
有那傢伙的眼睛
就方便多了。

已經沒有力氣問了

?

他說的是千里眼的天眼通啦。

哇！我也想看！

除了他心通之外，還沒看過其他的神通呢！

喂，走快點，

照周現在的步調，我們今天晚上就要在這裡過夜了。

蛤～不喜歡在山上過夜……

如果有鬼怎麼辦？

鬼！

哪裡有鬼！！！

抱歉，忘了我自己就是抓鬼的。

快給我跟上！

知道了～

呼……

喔！原來他還怕鬼啊！

可惡！
每次都是我，

像拖油瓶
一樣……

八爺……

你們都不會累嗎？

怎麼會？
這點程度的體術……

對耶，我們都還沒教過你和官官。

這樣說起來，官官可能不只咒術拿手，

連體術也超乎我的想像。

什⋯⋯呼⋯⋯什麼意思啊？

我先簡單跟你講一下，之後再慢慢教你，

靈界有五種特殊能力，分別是體術、法術、咒術、幻術和神通。

體術是物理性的能力，體力、速度、反應、力量。

這些基礎素質注入靈力之後都會有跳躍的成長，

像神荼和鬱壘就是體術的高手。

法術是指憑修為練成的超自然能力，

安仔的三昧真火就是法術中非常高端的招式。

而我自己最擅長的是咒術，

最後就是你的神通，這是最特別的能力，有聽過神通廣大嗎？

藉由經文或真言的力量加持，獲得爆發性的神力。

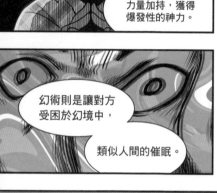

幻術則是讓對方受困於幻境中，

類似人間的催眠。

表示神通有無窮之妙用，但矛盾的是，追求神通往往也最容易墮入魔道。

神通廣大？
我怎麼覺得……
有神通的我……

反而是這裡
最沒用的……
呼呼……

這都需要練習的，
不只神通，
其他也一樣，

沒有最厲害的術，
只有更厲害的人。

喂！別廢話了，過來看看。

看來我們總算……

發現遺體了。

靈體是從這裡開始走進深山

……原來如此,
這下子有點麻煩了

那是什麼啊?

昆蟲的屍體?

你們兩個,接下來
一定要好好跟著我們。

?

怎麼了?

這可能不只是
普通的山難而已。

喔喔喔!有鬼
要出現了嗎!

妳不就是鬼嗎?

不是鬼……

是妖怪。

第二十五條路
魔神仔

妖、妖怪？

台灣有妖怪？

那是當然的啊，哪裡都有妖怪，

只是大家記不記得他們而已。

但這裡說妖怪不太精確，應該說是山林中的精怪，

你們應該都有聽過……

魔神仔吧。

比起虎姑婆或金魅，魔神仔還算好對付啦，

但畢竟是妖怪，他們的能力和凡人是完全不同層次的。

死者可能在生前遇到了魔神仔，原本還以為只是單純的意外而已……

魔神仔大概讓他以為那些昆蟲的屍體是食物吧。

總之繼續往前走吧，得在天黑前找到靈體才行。

唧唧唧

煩死了，

偏偏在這種時候……

分成兩路找吧，

只要有我和安仔在，他們是不敢輕舉妄動的。

好耶！
看誰先找到！

那我跟八爺
一組！

蛤？

那我豈不是要
帶著這小子？

糟、糟了！
一個不注意……

我比你更不想!!

我們會先找到的！

那就待會兒見了。

唧唧唧

先說好，雖然這
不是比賽，但我
可不想輸給他們。

所以你最好
死命跟著我，

呼……

好勝心好強……

我是不會幫你
把屎把尿的。

知道了……

唧唧唧

唧唧唧

唧唧唧

唧唧唧

呼呼呼……

這……是……
這是怎麼回事？

這……這不是我們剛剛
跟八爺分開的地方嗎？

呼呼……我們都已經
走了……呼……走了
兩個小時了……

!?

在前面嗎？
不對……

糟糕，和七爺脫隊了……得快點追上他……

不然魔神仔就……

呼呼呼……

得救了……

你好！

請問有人在嗎？

喀啦

誰啊……

我的天啊?!

你這是怎麼回事？

不好意思，我跟我朋友走失了，想請問你方不方便……

別說了，

你先進來洗把臉吧！

打擾了……

哎唷！年輕人，

你是怎樣了啊？

看你弄成這樣我還以為遇到魔神仔咧！

我們這裡是提供登山客住宿的小屋，

他們都是明天一早要攻頂的民眾。

你們也知道這裡有魔神仔！

這座山的特產怎麼會不知道！

所以我們都一起行動啊，

絕不能讓人落單！大家聚在一起才有個照應。

是啊，

真的……

你今天晚上就先跟大家擠這，撐過今晚再說吧！

太謝謝你了……

少年欸，你先去
洗把臉吧！

我看你這樣就像
看到魔神仔一樣！

抱歉，那……我可以
借用一下洗手間嗎？

就在那邊
當自己家就好了。

哇！

居然弄得這麼
狼狽……

差點就要露宿野外了，
好險遇到了好心人……

唉，生前怕妖怪
就算了，

沒想到我連死後都……

死後？

我已經死了，

為什麼這些人看得見我？

第二十六條路
陪伴

也就只有你會中
這種低級的幻術。

你終於來了！

為什麼要丟下我！

閃邊去！

噁心死了！

還沒搞清楚狀況？

嘎吱吱吱!?

知不知道我是誰？

白、白無常!?

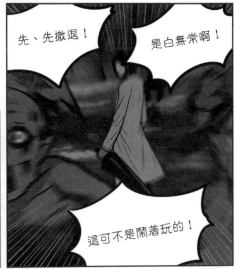

先、先撤退！

是白無常啊！

這可不是鬧着玩的！

喂！

你的速度太慢了，

跑得最慢的羚羊……

可是會被獅子……

吃・掉・喔。

七爺，冒昧
請問一下……

既然你這麼輕鬆
對付他們，為什
丟下我一個人…

是這條路沒錯吧？
敢亂帶路你知道
下場是什麼。

早該想到這個人比
魔神仔還可怕……

你是白癡嗎？
他們也感受得到
我的靈力，

如果我不先閃，他們
有可能現身嗎？

老是在森林裡走來
走去的我也膩了，

而且連這麼弱小的
妖怪都打不過很明顯
是你的問題。

啊！好過分！

還不如直接抓一隻來帶路。

前面有火光，

靈體應該就在前面。

你就是山難的靈體吧，我是引路人七爺。

來接你走向下一段旅程。

……七爺……跟我想像中完全不一樣呢，原來死後會遇見七爺八爺的傳說是真的啊，

我老伴怎麼都沒有托夢告訴我呢……

這麼說來，你也已經見過八爺囉？

就在那啊。

別再跳了……

這些小傢伙全聚在一起，

剛好……

一次全滅了。

嘎嘎嘎！！！

安仔！

怎麼？平常對這些小妖怪我們也是睜隻眼閉隻眼，

但危害人命，你再怎麼幫他們求情都沒用。

他們沒有危害任何人的生命！

沒有？那後面那個老頭……

我是自己失足跌落山谷的。

我……很喜歡爬山，自從某一次在山上遇到魔神仔之後，就更喜歡了，

只是沒想到這次發生了意外……

聽起來很荒謬對吧？

但每次遇到他們，

他們都會變成各種不同的人陪我聊天。

其實我也慢慢發現了，

陪我聊天的這些人，可能並不是人……

但年紀大了，孩子也都沒時間回家，

有時候寂寞到，覺得只要有對象能聽我說說話就夠了……

他們或許很調皮，
喜歡惡作劇，

但是是我先闖進他們家的，
而且他們都沒有惡意……

起身

更重要的是，他們是
唯一願意花時間陪我的人，
所以……

……

拜託七爺……

請不要消滅他們。

……

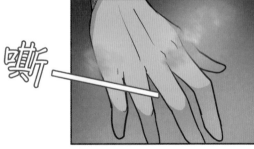

嘶

老爺爺，
我們該上路了。

好，請稍等我一下。

那麼，
我要告辭了，

謝謝你們的陪伴，
你們要好好照顧
自己喔。

嘎嘎吱嘎。

八爺，魔神仔……

是這麼溫暖的妖怪嗎？

妖怪其實就像人一樣，有壞人，

但占社會絕大多數的，還是好人。

也許我們該想的不是為什麼魔神仔總是喜歡捉弄山上的老人。

而是，這個社會為什麼讓這麼多老人孤獨地上山。

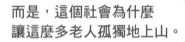

第二十七條路

忘川河畔

禁地

此處已封閉，立刻離開
否則後果自負。

安仔，帶他們
來這裡……真的
不會太早嗎……

正如你們看到的，一般靈體
是絕對禁止踏入這裡的。

對官官來說不會，如果
是對那小子來說——

喔！這裡在保護
什麼重要的東西嗎？

你就自求多福吧。

什麼啊……

保護重要的東西？

妳要這樣講也行，

但之所以禁止進入
是為了保護……

你們的小命啊。

保護我們的命？

這裡……是什麼地方？

矮子，稍微幫他們
上一堂地理課吧。

這裡是忘川河，
也有人叫這裡三途川，

是已經被老師廢置的
危險地帶……

老師？

啊！抱歉，

我們說的老師就是地藏王菩薩。

看好了。

拿出

噗通

好多喔！

這是最常見的陰間餓鬼，一出現就是一大群。

知道為什麼危險了嗎？

忘川河裡還有許多孤魂野鬼和凶猛的妖怪。

從前，靈體要越過忘川河，

都要走那裡……

走過奈何橋，

喝下孟婆湯，

忘卻前塵事。

但老師有感於「我」之所以為「我」，完全由記憶組成，

而要讓一般靈體做到「無我」的境界，也非一蹴可幾。

再加上這裡的妖氣和瘴氣太甚，

所以，老師廢棄了這條路，

從黃泉路另外開了一條路通向靈界……

也就是你們來時走的那條。

既、既然如此，

我們還是快離開吧。

但少了靈界的管制，
忘川河的厲鬼和妖怪
比從前更肆無忌憚，

這裡，

已經不是普通人
該來的地方了……

離開？

你覺得我只是帶你們
來參觀懷舊景點嗎？

當初我答應老大交出
一個正式引路人，

但說實話，無論
是你還是官官，

跟小王爺的實力
差距都太大了。

我猜，你應該完全
忘了兩年後的引路考
這件事吧？

官官已經算不錯了……

但在小王爺面前，妳連三歲小孩的程度都不到。

……

至於你嘛……

大概就是一隻螞蟻吧。

所以你們必須在兩年內追上他的腳步，

雖然不可能，但我也不想跟你們說這種喪氣話。

你已經說了啊……

總之，因為這樣，

安仔跟我決定，你們將在這裡接受訓練，

累積實戰經驗

累積實戰經驗的意思該不會是……

沒錯，就是跟剛剛那些東西。

現在他們能感覺到我和安仔還在這，所以不敢上岸，

但接下來我和安仔會把氣切斷，你們自己應付他們看看吧。

嘶——.

哗

!?

！！

呃啊啊啊啊！

六字大明咒……

速度和反應都很優秀，只是……

好……

好厲害啊！官官！

我也覺得！

第二十八條路

真正的對手

快救官官啊！

剛剛矮子不是已經說了嗎？
你們要自己處理啊。

雖然很殘酷，

但引路考比應付一隻
餓鬼要難上百倍……

如果對付不了它，

那引路考恐怕
連遇上小王爺的
機會都沒有……

哆侄他，唵，阿那隸，

毗舍提，鞞囉跋闍囉陀唎……

安仔，官官連這都已經學會了嗎……

糟、糟了！這是楞嚴咒心！

呃呃……

沒事沒事！

只是有點累……

哇！官官，妳已經學會了楞嚴咒心啊！

看來我還是低估妳了呢！

光是楞嚴咒的皮毛就已經能通過忘川河的試練了。

接下來就是增強自己的靈力，

讓每次持咒都有相同的威力！

哈哈，其實我現在已經沒有力氣了……

嗯……相信你們也發現了，這裡的魑魅魍魎和陽間的強度差了一大截。

沒有陽氣和神明的坐鎮，他們的力量可以百分之百的釋放。

不過別擔心，接下來我們會針對你們不足的部分加強。

官官，還不夠。

你們不是第一個在忘川河畔訓練的人。

看到我後面那些白骨了嗎？

那些都是……

之前在這裡受訓的人？

能力不足的話，就會變成他們那樣是嗎？

……你們好像
誤會了……

那些都是
餓鬼的屍骸。

懂了吧？

這一堆白骨，
都是出於一人之手。

第二十九條路

三昧

？？？

．．．．．．

跟我們……走吧……

呵呵，小王爺，
看你牽引靈體
永遠都不會膩呢。

雖然由我來說這種話
有點怪，但這種因病
離世的靈體，

需要的是你溫柔的
引導，知道嗎？

．．．．．．

唉……算了，

小范，你示範給小王爺看吧。

……

拍

跟我們……走吧……

小范，你只是多放了一隻手吧。

啊啊～～～真受不了啊！

小王爺，論對戰，

引路考不會有人是你的對手。

但引路考不只是打打架這麼簡單啊。

你也要有同理心讓靈體願意跟你上路才行。

點頭

你沒資格點頭，小王爺是精神創傷，你純粹就只是害羞而已吧。

......

就像現在這樣！

為什麼隔著面具我都能感覺到你在臉紅！

122

虧我還特地跟土地公借了一個靈體讓小王爺練習，

看來你還是要從最基本的開始。

你先試著去體會靈體的心情吧。

這就是具象化的靈力了，即便是相同的咒術，也會因為靈力的差距而有不同威力。

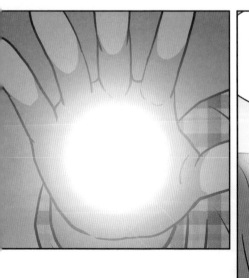

這樣啊。

所以雖然都是
楞嚴咒心……

哆侄他，唵，阿那隸，

毗舍提，鞞囉跋
闍囉陀唎……

……但只要有強大的靈力，

也能做到這麼驚人的效果。

哇，簡直像炸藥一樣呢！

好、好厲害！

那我們馬上就開始訓練吧。

八爺……

不好意思，我想問一個很蠢的問題，

請問靈力是什麼啊？

要認真解釋靈力的話太複雜了，

簡單說，你可以把它想成是汽車的汽油，

無論你的技術多好，沒有汽油車子是跑不動的。

同樣的道理，不管你學的是體術、法術、咒術、幻術或神通，

都需要靈力來做為它們的驅動力，

靈力越強，效果往往越大。

原來如此。

喂，小子，

過來，別妨礙他們。

啊……是！

抱歉，
我知道了……

官官是學習咒術的根器，
所以讓矮子特別指導她，
你跟我一組。

我、我也會努力
學習楞嚴咒心的！

根器，佛家用語，指一個人對佛法的理解力和稟賦。

加減法都還不會
就想學微積分？

心個屁。

你現在唯一的技能
就是他心通，

但上次對上魔神仔
完全沒有觸發吧？

呃……對。

以你目前的程度，
連靈體都不一定
能感知到，

更別說飛禽走獸
或妖怪了。

最重要的是，你連基礎的能力都沒有，

現在不管教你什麼咒你也只是把它唸出來而已，

基本上跟數來寶差不多，沒有任何意義。

那我們現在要學什麼？

三昧。

注：三昧，又稱三摩地、心一境性，指透過禪定達到心念不動的境界，將心繫於一處，不受外在事物所牽動，這樣的狀態稱為三昧。

那是什麼？

跟三昧真火有關嗎？

煩死人了，

你怎麼這麼多廢話？

果然……七爺的正常發揮……

三昧是增強靈力的方式，也是將靈力轉為己用的唯一途徑，

通常是透過禪定來進入三昧的境界。

禪定？

坐禪？

你說打坐嗎？

禪定沒有固定模式，行、住、坐、臥都可以，

我現在要教你的 「一行三昧」就是無論在什麼狀況下都可以進入三昧的境界……

行住坐臥？

禪定？

一行三昧？

???

???

用白癡都聽得懂的話講就是專心，

三昧就是要你專心。

知道了……

看來這次的修煉很難熬啊。

唉……

第三十條路

最後的任務

為了準備
兩年後的引路考，

周和官官在忘川河畔
進行密集的特訓……

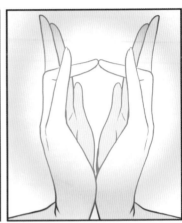

時候也差不多了，已經把掌握靈力的方法都交給你們了，

兩個月後……

只剩下你們自己勤加練習了。

這兩個月都是虎爺在幫我們代班引路人的職務，再不回去他可能要崩潰了。

要想想怎麼感謝他才好……

鏘鏘！

雖然周不出所料地沒天分，但也沒時間再陪你們耗下去了。

……

訓練的尾聲，交給你們一個任務。

任務？

還記得我之前說老師廢了這條路，

另外開了一條路通往靈界嗎？

沿著這條路一直往前走，就可以接到新的那條路，

盡頭便是神荼鬱壘看守的鬼門。

最後的任務就是你們必須自行前往鬼門，找我們會合，

當然沿途中會遇到的困難你們也要自己想辦法解決。

沒問題！

等！等等！

這兩個月我只學了三昧，

什麼戰鬥技巧都不會啊！

白癡，你以為這是誰的問題？

引路考會等你什麼都學會才考嗎？

都死過一次了還不懂？

……

人生本來就不公平。

……

……雖然說是
最後的任務，

但這並不是考試，

別忘了直到抵達鬼門前，
你們都還處在訓練中……

所以在過程中多加練習和熟悉
這兩個月學到的，都還能大大
提升自己的能力的。

！

只有一張，

謹慎使用。

好啦！

那我就先去鬼門等你們啦！

……！

眨眼

……

安仔，

你不一起走嗎？

你先去吧，

我交代一些事情再去跟你會合。

好，別弄太久喔。

好了，矮子走了，

可以聽真正的任務了。

真正的……？

任務……？

到鬼門跟我們會合是
第一個任務，

？

那就是到了鬼門之後……

我個人還有第二個
任務交給你們。

破壞它！

破壞鬼門!?

……

沒錯,神荼鬱壘也不是好惹的,

要是有人膽敢破壞鬼門,不管是什麼神佛,

神荼鬱壘都會盡全力阻止。

七爺你在說什麼啊!

鬼門可是重要的關卡,要是破壞的話神荼鬱壘……

所以在必要時,

打倒他們。

……!?

140

為什麼要這樣做啊！

搞清楚，

我不是在和你講道理，
我是在交付任務。

這完全沒道理啊！

……

官官

妳做得到嗎？

好……

好！任務一，抵達鬼門。
任務二，破壞鬼門。
我做得到！

！

官官……妳冷靜點！

這是任務對吧！

不管七爺的動機是什麼，他會叫我們這麼做一定有他的用意，

我們只要完成任務就好了。

看來官官連腦袋都比你好啊。

夠清楚了吧，我先去那等你們啦，

你們準備好就出發吧。

對了，順帶一提，

我沒什麼耐性，

所以別讓我等太久。

……

第三十一條路
忘川河的管理者

官官，我不知道七爺為什麼交付這麼荒謬的任務，

但我絕不破壞鬼門。

是嗎……
這樣看起來我們就沒辦法合作了，

真可惜～

先不論對錯好了，即便妳再厲害，

也不可能光憑兩個月的訓練就打敗神荼鬱壘啊！

可惜？

不對唭！

七爺的任務是破壞鬼門，
而不是打敗神荼鬱壘。

但是！

既然我們的目標不同，

那我只好先走一步囉！

官官！

嘿！

等等啊！

鬼門見啦！

呼……

呼……

混帳啊！

這種似曾相識的感覺，這不就跟魔神仔那時候一樣嗎？

而且現在的狀況比那時候還要糟糕。

隨便什麼鬼出現
我都會被秒殺啊！

不行，要先仔細思考一下
手上有什麼優勢。

我現在會的有他心通……

目前這好像是
隨機觸發的，

而且就算我知道餓鬼
在想什麼也沒用……

大概就是「好餓」吧……

還有這兩個月學到的
一行三昧……

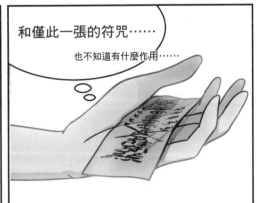

和僅此一張的符咒……

也不知道有什麼作用……

出、出現了！
餓鬼！還是一群！

不行！

偷偷從另外一邊
繞過去好了！

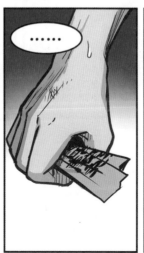

153

可惡！
明明是禁地！

那人到底在
幹嘛啊！

小心後面啊！

華

！

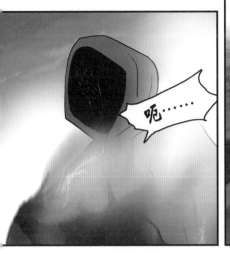

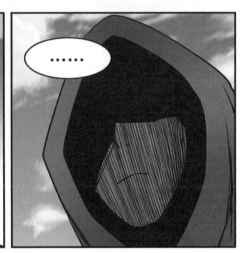

這是別人給我的，我沒想到威力這麼強，

差點就傷到你了，不好意思……

沒關係，

那是八爺給你的吧？

！

你……你怎麼知道？

其實你大可不必用那張符的，

拍

拍

我來就是為了餵食他們。

餵食？

他們可是餓鬼啊！

而要不要讓他們這麼痛苦
就是我們的選擇了。

是啊，

但化身為餓鬼已經
得到了應得的懲罰……

什麼意思？

你是誰？

管理者？

我是忘川河的管理者。

這裡已經被廢置了啊，
你到底是——

通常，

大家也習慣叫我「老師」。

！？

你好，

老師！？

你、你是……

新來的引路人。

第三十二條路

願力服人

您是……

地藏王……菩薩……？

抱歉，請容我先……

？

今日之苦，昨日之作；
今日之受，昨日之修。

南無薄伽伐帝，鞞殺社，

……

嗚嗚嗚……

窶嚕薜琉璃……

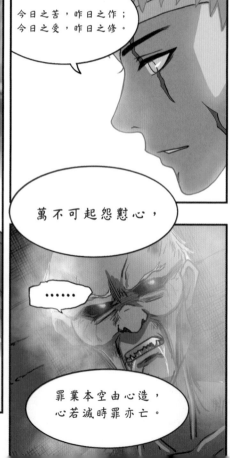

萬不可起怨懟心，

……

罪業本空由心造，
心若滅時罪亦亡。

你是周聖于對嗎？

啊！是！

菩薩，八爺已經跟你說了嗎？

你把唯一的符咒給用掉了，

不要緊嗎？

沒有。

我好一陣子沒遇見七爺八爺了。

那你怎麼會……

只是無足掛齒的能力而已。

周向地藏王說明了整件事的來龍去脈，

包括七爺暗中命令他們破壞鬼門。

哈哈哈，

果然是七爺的作風呢。

你不是已經決定阻止他們了嗎？

……什麼？

菩薩你不阻止他們嗎？

但以我的能力……

怎麼可能……

能力伏人，願力服人。

什、什麼意思啊啊啊？

可惡！沒時間了啊！

唵，缽囉末鄰陀寧，娑婆訶。

嗡 嗡

這是滅定業真言，牢記。

！

震

菩薩的意思是，

我能用這個阻止官官嗎？

不能。

你把唯一的符用掉了，前方可能還有許多險阻。

滅定業真言能幫你短時間內麻痺對手的行動，

洗淨他們的業力，卻不會造成傷害。

是、是這樣啊，

那我還是快點動身好了，不然就來不及了。

以你現在的體術是追不上官官的，

請等一等。

讓祂陪你去吧。

……誰？

呀

呀

出來吧。

諦聽。

喂！你們要在那裡待到什麼時候！

好久啊……

啊！抱歉抱歉！

他們應該快到了。

哥！就這樣讓這兩個傢伙在那邊晃啊晃的你不覺得煩嗎！

我們的工作是確保鬼門的安全，以這點而言，八爺並沒有造成麻煩。

雖然謝必安是礙眼的

嘖！

救命啊！

怎麼搞成這樣！

搞什麼！這不是忘川河那邊的魑魅魍魎嗎？

它們應該不敢靠近這裡啊！

大膽妖怪，給我滾回忘川河！

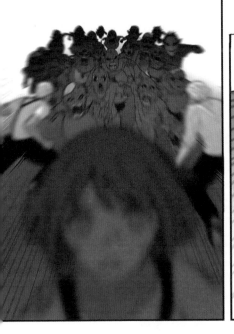

!?

這是……幻術!?

好、好誇張的速度！

碰

呃啊啊啊！

七爺八爺，這女孩不是你們的「實習引路人」嗎？

看起來是衝著鬼門來的，這是怎麼回事？

呃⋯⋯其實⋯⋯

我也⋯⋯不太知道⋯⋯

173

第三十三條路
內戰

計畫A果然失敗了。

那試試這招吧！

楞嚴咒心！
官官別亂來啊！

任務已經達成了啊！

第一個任務達成了，

第二個還沒……

第二個任務……？

安仔！你對他們說了什麼！

叫他們破壞鬼門而已。

!?

你瘋了嗎……

這是哪門子任務！

官官快住手！任務取消！

你忘了老師的第一堂課嗎？

！

……

……這就是
你的目的？

哥，這小妮子打算用
楞嚴咒心攻擊我們呢。

年紀輕輕，
深藏不露啊。

我們也別失禮了，

全力應戰。

知道了！

怎麼⋯⋯可能⋯⋯

全部住手。

神獸……

諦聽……

周他……遇見老師了嗎……

呵呵呵。

哈哈哈，還擔心這小子撐不到鬼門，

沒想到會有這種奇遇啊。

周，你是怎麼⋯⋯

怎麼弄到這隻東西的啊！太酷惹！

摸

給我住手！祂是老師的坐騎啊！

官官，

無論用什麼方式⋯⋯

我都不能讓妳破壞鬼門。

喔？但你要怎麼阻止我呢？

唵，缽囉末鄰陀寧，娑婆訶。

唐！

老師還教了他這個啊。

無法動彈⋯⋯

這是什麼咒⋯⋯

哥，現在怎麼處理？

諦聽在此，出不了大亂子，我們先靜觀其變。

滅定業真言能幫你短時間內麻痺對手的行動⋯⋯

可惡，我現在會的也只有這個了⋯⋯

短時間不知道有多短，

只要有半個小時我就可以
先把官官帶走了……

周，我不知道
你從哪學來這麼
奇怪的咒術，

但這沒什麼用啊。

墜

這也太短了吧!!!

那是當然的，滅定業真言
本來就不是戰鬥用的，

而是老師幫人
消除業力的……

老師，這小夥子很明顯
不行啊，我要做到
什麼地步……

以他能負荷的最大程度，
視情況幫點小忙吧……

了解。

嗚啊啊啊啊！

唵，鉢囉末鄰陀寧，娑婆訶。

唔……

喂！別再用這招了！

你只是在消耗靈力拖延時間而已。

講得好像我有別招能用一樣……

可惡……就算用拖的我也要把妳拖走！

呃啊啊啊！

我要生氣了喲！

俺……鉢囉末鄰陀寧，

娑婆訶！

又來了！

哆侄他，唵，阿那隷……

可惡……

毗舍提，鞞囉跋闍囉陀唎……

官官！太誇張了！怎麼可以用楞嚴咒對付自己人！

那個方向是……鬼門？

發生了什麼事啊……

這兩人是吃錯什麼藥……

周……

第三十四條路
師子奮迅

好快！

嗚啊啊啊啊啊！

我是諦聽。

剛剛是怎麼回事？
突然出現在後面……

那這招如何！

三昧真火嗎？

看過七爺用過
就記起來了啊……

4.

啪

但這種幻術對我是沒用的。

呃啊啊啊……

自討苦吃，

就算那小子的靈體沒辦法讓諦聽發揮全部的力量，

但對付小女孩還是沒問題的。

連我們都不是諦聽的對手。

放棄破壞鬼門，
我就收手。

毗舍提……

居然還有靈力使出
楞嚴咒心……

這女孩根機大利啊……

鞞囉跋闍囉陀唎！

鬼門那怎麼了啊。

該不會被襲擊了吧。

趕快拍下來！

師子
奮迅

倒下

還是第一次看到……
記載於《華嚴經》的
師子奮迅三昧……

這種究極體術……
沒有大造化是無法
練成的……看來
《地藏菩薩本願經》裡
說老師曾遇見師子奮迅
具足萬行如來的傳說
是真的……

安仔……

放心吧，

剛剛諦聽只用
了一成力。

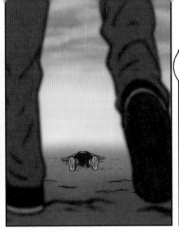

打夠了嗎?

做得到⋯⋯

妳說什麼?

我做得到⋯⋯

執迷不悟。

這感覺是……

這小子還沒辦法駕馭
自己的神通嗎……

什麼？

糟了!他心通啟動了!

！？

他心通！

這小子會他心通？

啪

啊啊啊啊啊啊!!

你們兩個撐住!
我現在就用藥師咒。

別過去!

官官，妳做得到嗎？

第三十五條路
笑吧

我……我試試看。

我不是要妳試試看，

我是問妳做不做得到？

可以……我做得到！

很好，好不容易幫妳找了個好家教，

別讓我丟臉。

……

2

難怪她爸會離婚，
看到她媽這死樣子應該
連硬都硬不起來吧！

哈哈哈哈哈！

沒關係，

官詩慈她們家離婚了嗎？

咦？妳不知道嗎？
之前俊彥偷偷跟我說的。

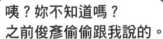

我現在知道了。

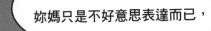

妳媽只是不好意思表達而已，

是嗎？

畢竟她在公司要
管理這麼多人，

不板起一張臉
是管不動的啊。

我覺得我好像從來沒有
做過讓她高興的事。

這樣吧，

嗯……好吧。

妳把考卷放在桌上，

98

媽,我拿到
學年第一了！

留個紙條給妳媽媽吧！

21

第三十六條路
不用心的人

我說，官詩慈是哪根筋不對。

簡直像變了一個個性一樣。

我們該不會真的把她弄瘋了吧。

聽說她現在還在教室裡讀佛經欸，超詭異的！

是瞧不起我們嗎？

想表達她根本不在乎我們的惡作劇？

我看我們就這樣算了吧！

真的，老實說看她這樣我還真的有點毛毛的。

原來是妳們啊！

嗨！

不、不是，官官妳誤會了！
我們是在討論欺負妳的人啦！

對啊，不是妳想的那樣！

放心放心，

我不會做什麼的！

現在這種生活
也挺好的，

沒有人會來打擾我，
這也要謝謝妳們。

官官！

官官！

愣著幹什麼！
叫救護車啊！

醫生！我女兒她⋯⋯

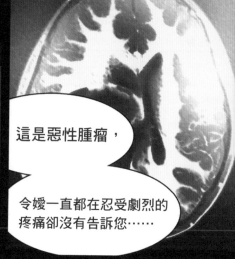

看到了嗎？就在這裡。

這是惡性腫瘤，

令嬡一直都在忍受劇烈的疼痛卻沒有告訴您……

現在……已經是第四期了。

第四期的意思是……

或許……

不到一年半了。

十個月後

嗄嗄

妳來啦。

今天沒課？

剛上完。

嗯。

記得沒錯的話……

……

妳是台大的吧？

第三十七條路

我做得到

239

對……

官官，

妳趕快好起來……

我們一起回家，

用笑容反擊……

做得到嗎？

我……做……

可……以……

得……

官……

官官……

官官！

241

喔？不錯……

……

拜託你！

不管要我做什麼我都願意，
我一定要成為最優秀的人！

有朝一日或許
會用上妳，

也或許不會，
我不保證。

太好了！

沒關係，我可以等！

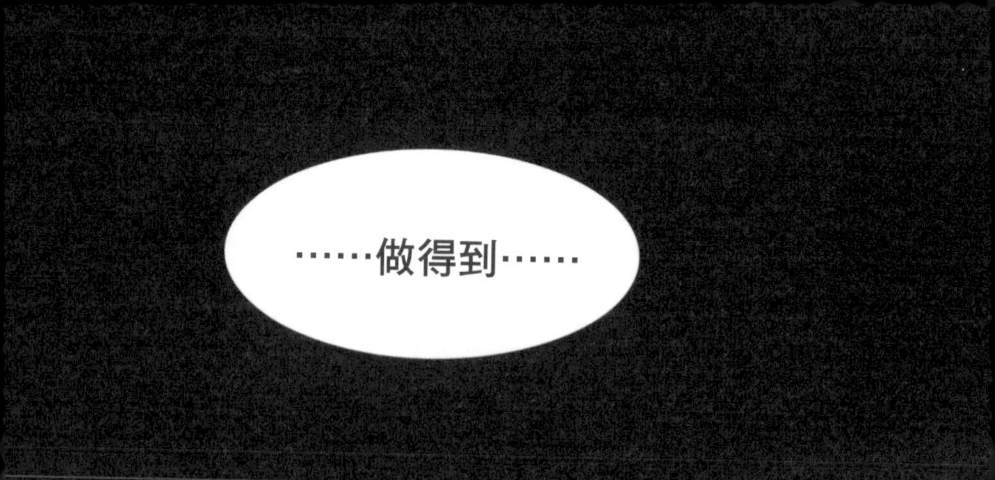
……做得到……

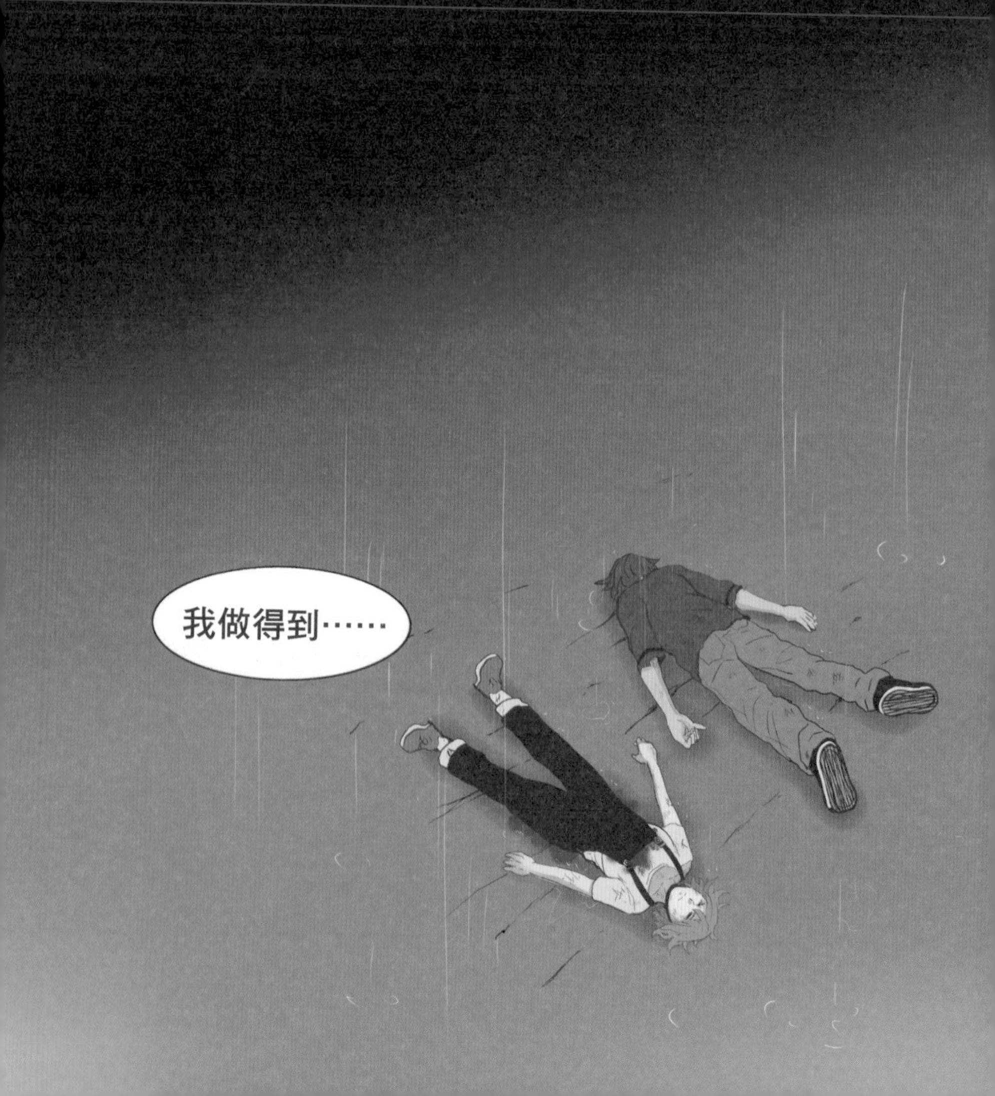
我做得到……

第三十八條路
平凡人

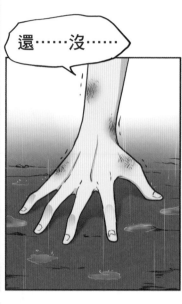

還……沒……

唔……

官官！

任務……

還沒結束……

對吧？

對，妳還沒達成任務。

！

好……

再等我一下……

唔……

竟然還站得起來？

是靠意志力
在硬撐嗎……

哥？

隨她去吧。

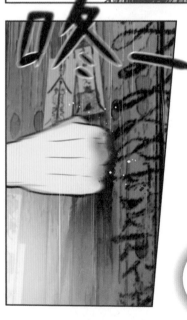

咚一

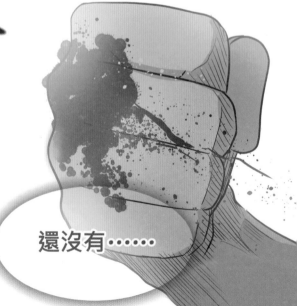

還沒有……

官官……

我看到妳的過去了……

快住手，

這——

我和你本來就是不一樣的人……

不要說了！

走開……

不要來煩我……

……沒錯，

我和妳不一樣。

官官……

我不像妳一樣
聰明又努力，

我只是一個平凡人，

這點我有自知之明……

但因為妳，

我才知道，困住我的一直都不是自己的平庸……

而是我沒有像妳那樣的決心。

……既然如此，

你就更不該阻止我。

妳還記得欣瑤老師說的……

為了別人而奮不顧身的人，才是最優秀的。

現在的妳，破壞鬼門是為了誰呢？

還是只是為了證明自己的優秀？

妳的目標是成為引路人吧？

要是破壞了鬼門，一切就結束了。

老師不可能讓這樣的人參加引路考的。

……

雖然聽起來很自私，

但我希望妳能住手，

並不是因為這件事不對……

……而是因為我想陪著妳一起。

就算我考不上引路考，

我也相信妳一定可以，

我想……看著妳成為最優秀的人……

只是這次妳不會再是一個人，

我會和妳一起，

就算我落後了……

也請讓我能繼續看著妳的背影前進。

一直以來，
我都是一個人。

不管有多苦，
我都能撐得住。

但⋯⋯現在我又是
為了誰呢？

⋯⋯⋯⋯

⋯⋯一起吧⋯⋯

我們……

一起當上引路人……

官官……

走吧。

嗯！

要幫忙嗎？

不用，看守鬼門才是份內之事。

素質雖然差，

但觀念不錯……

再見了，少年。

不枉我把師子奮迅三昧留給你……

希望下次見面你能讓我刮目相看……

八爺！

官官她很虛弱！

我知道！
讓我來吧！

呼……

南無薄伽伐帝，
鞞殺社，窶嚕薛琉璃…

結束了……

喂。

七爺……

糟、糟了……
任務……

……算了……
我已經不行……

……

臭小子，幹得不錯。

第三十九條路

選擇

哇！你們看！攻擊鬼門？

看來北部來了兩個很有活力的新人啊！

真有意思！

太胡鬧了。

七爺，

我想問你一個
問題……

可惡，短髮
不能用這招

如果那時官官真的
破壞了鬼門，

會發生什麼事？

……

放心吧，這種蠢事是
不可能發生的。

哈哈哈。

但你怎麼知道
諦聽會出現？

臭獅子！

我哪可能知道
那種事，

純粹說憑你們是
不可能做到的。

這麼說吧，
就算我和矮子聯手，

都動不了鬼門
一絲一毫。

什麼？

！

所以打從一開始，

你以為鬼門是
樂高蓋的嗎？

這麼重要的關卡，
怎麼可能隨便就
被破壞。

安仔交給你們的就是
無法達成的任務。

271

原來被整了啊！

咦？那……

蛤……為何要這樣啊？

你覺得光憑兩個月的訓練能學到什麼的話也太天真了吧。

如果你們能考上引路人，

到時候地藏王菩薩會親自幫你們上課。

當接到第二個任務的時候，

我想看的是，

你們會做出怎樣的選擇，

又會捍衛自己的選擇到什麼地步。

直到現在，過了好幾百年，

我都還記得老師幫我們上的第一堂課。

273

很多時候，
好人壞人不過
一體兩面，

選

選擇

重點在於當下的選擇。

即便極惡之人，
只要當下他做
了善的選擇，

那瞬間他就值得尊敬，
那瞬間他即是佛。

這世界的形成，
正是每個人做出
不同選擇的結果，

不管是好的，
或是不好的……

所以未來，在你們
必須做出選擇時，

希望你們記得，
「選擇」這個詞，不僅
代表你們擁有自主權……

官官不惜犧牲性命
也要完成任務，

以引路人而言，
是滿分的選擇。

周則是明知打不贏官官
還自以為正義，

這就叫自不量力。

不過……

如果是老師大概也會
做和你一樣的事吧。

……

擇善固執，

你和老師是
一樣的人，

哪怕結果再不堪，

都堅持只
做對的選擇。

老師就是這麼傻的人，
再十惡不赦的人，

他都不願意放棄。

為了讓眾生能脫離地獄之苦，

老師連自己的成佛之路都可以不要。

……如果讓我選出誰是更優秀的人，

我一定會選那些為了別人，連自己都不顧的人。

地獄不空，誓不成佛；

眾生渡盡，方證菩提。

這就是老師的選擇。

我才不管上面的滿天神佛，對我來說，

我唯一打從心底尊敬的人只有老師。

直到此刻，周才知道，

而是因為
地藏王菩薩的願力，

大家叫地藏王
菩薩「老師」，

並不只是因為
祂教過大家……

讓所有人都全心
全意地跟隨著祂。

也是到了現在，

周才理解當初老師
那句話的真正意涵。

能力伏人，願力服人。

（下集待續）

引路人
四格小劇場

晨間的他心通

廟公難為

這年頭廟公也不好當啊⋯⋯

引路人
四格小劇場

神明褓姆

八龍因為太矮，常被靈界的孩子課以為是同類

吳王爺的城府

家教的重要性

陳守娘是個溫柔婉約的女人

這大概就是身教重於言教的意思吧…

引路人・卷二

漫　　　畫／羅寶
編　　　劇／桑原
企畫選書人／王雪莉
責任編輯／張世國
版權行政暨數位業務專員／陳玉鈴
資深版權專員／許儀盈
行銷企畫主任／陳姿億
業務協理／范光杰
總　編　輯／王雪莉
發　行　人／何飛鵬
法律顧問／元禾法律事務所　王子文律師
出版／奇幻基地出版
　　　城邦文化事業股份有限公司
　　　台北市 115 南港區昆陽街 16 號 4 樓
　　　電話：(02)25007008　　傳眞：(02)25027676
　　　網址：www.ffoundation.com.tw
　　　e-mail：ffoundation@cite.com.tw
發行／英屬蓋曼群島商家庭傳媒股份有限公司城邦分公司
　　　台北市 115 南港區昆陽街 16 號 8 樓
　　　書蟲客服服務專線：(02)25007718・(02)25007719
　　　24 小時傳眞服務：(02)25170999・(02)25001991
　　　服務時間：週一至週五 09:30-12:00・13:30-17:00
　　　郵撥帳號：19863813　　戶名：書蟲股份有限公司
　　　讀者服務信箱 e-mail：service@readingclub.com.tw
　　　歡迎光臨城邦讀書花園　網址：www.cite.com.tw
香港發行所／城邦（香港）出版集團有限公司
　　　香港九龍九龍城土瓜灣道 86 號順聯工業大廈 6 樓 A 室
　　　電話：(852) 2508-6231　傳眞：(852) 2578-9337
　　　e-mail：hkcite@biznetvigator.com
馬新發行所／城邦（馬新）出版集團
　　　【Cite(M)Sdn Bhd】
　　　41, Jalan Radin Anum, Bandar Baru Sri Petaling,
　　　57000 Kuala Lumpur, Malaysia.
　　　Tel: (603) 90563833　Fax:(603) 90576622

封面設計／寬寬
排　　　版／芯澤有限公司
印　　　刷／高典印刷有限公司
■ 2024 年 4 月 30 日初版

ISBN 978-626-7436-11-0

著作權所有・翻印必究

售價／399 元

城邦讀書花園
www.cite.com.tw

廣　告　回　函
北區郵政管理登記證
台北廣字第000791號
郵資已付，免貼郵票

115 台北市南港區昆陽街 16 號 8 樓

英屬蓋曼群島商家庭傳媒股份有限公司城邦分公司 收

- -

請沿虛線對摺，謝謝

每個人都有一本奇幻文學的啓蒙書

奇幻基地粉絲團：http://www.facebook.com/ffoundation

書號：1HI129　　　　書名：引路人·卷二

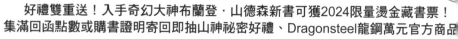

｜奇幻基地・2024山德森之年回函活動｜

**好禮雙重送！入手奇幻大神布蘭登・山德森新書可獲2024限量燙金藏書票！
集滿回函點數或購書證明寄回即抽山神祕密好禮、Dragonsteel龍鋼萬元官方商品**

【2024山德森之年計畫啟動！】購買2024年布蘭登・山德森新書《白沙》、《祕密計畫》系列（共七本），隨書附贈限量燙金「山德森之年」藏書票一張！購買奇幻基地作品（不限年份）**五本以上**，即可獲得限量隱藏「山德森之年」燙金藏書票；購買十本以上還可抽總值萬元進口龍鋼公司官方商品！

好禮雙重送！「山德森之年」限量燙金隱藏版藏書票＆抽萬元龍鋼官方商品

活動時間：2024年1月1日起至2024年10月30日前（以郵戳為憑）
抽獎日：2024年11月15日。
參加辦法與集點兌換說明：2024年度購買奇幻基地任一紙書作品（**不限出版年份，限2024年購入**），於活動期間將回函卡右下角點數寄回奇幻基地，或於指定連結上傳2024年購買作品之紙本發票照片／載具證明／雲端發票／網路書店購買明細（以上擇一，前述證明需顯示購買時間，連結請見奇幻基地粉專公告），寄回五點或五份證明可獲限量隱藏版「山德森之年」燙金藏書票，寄回十點或十份證明可抽總值萬元進口龍鋼公司官方商品！

活動獎項說明

■ **山神祕密耶誕好禮 +「寰宇粉絲組」（共2個名額）**
布蘭登的奇幻宇宙正在如火如荼地擴張中。趕快找到離您最近的垂裂點，和我們一起躍界旅行吧！
組合內含：1. 躍界者洗漱包 2. 躍界者行李吊牌 3. 寰宇世界明信片 4. 寰宇角色克里絲別針。

■ **山神祕密耶誕好禮 +「天防者粉絲組」（共2個名額）**
衝入天際，邀遊星辰，撼動宇宙！飛上天際，摘下那些星星！組合內含：1. 天防者飛船模型 2. 毀滅蛞蝓矽膠模具 3. 毀滅蛞蝓撲克牌 4. 寰宇角色史特芮絲別針。

特別說明

1. 活動限台澎金馬。本活動有不可抗力原因無法執行時，主辦單位有權決定取消、中止、修改或暫停本活動。
2. 請以正楷書寫回函卡資料，若字跡潦草無法辨識，視同棄權。
3. 活動中獎人需依集團規定簽屬領取獎項相關文件、提供個人資料以利財會申報作業，開獎後將再發信請得獎者填妥資訊。若中獎人未於時間內提供資料，主辦單位有權取消得獎資格。
4. **本活動限定購買紙書參與，懇請多多支持。**

當您同意報名本活動時，您同意【奇幻基地】（城邦文化事業股份有限公司）及城邦媒體出版集團（包括英屬蓋曼群島商家庭傳媒股份有限公司城邦分公司、書虫股份有限公司、墨刻出版股份有限公司、城邦原創股份有限公司），於營運期間及地區內，為提供訂購、行銷、客戶管理或其他合於營業登記項目或章程所定業務需要之目的，以電郵、傳真、電話、簡訊或其他通知公告方式利用您所提供之資料（資料類別 C001、C011 等各項類別相關資料）。利用對象亦可能包括相關服務的協力機構。如您有依個資法第三條或其他需要協助之處，得致電本公司（(02) 2500-7718）。

個人資料：

姓名：＿＿＿＿＿＿＿　性別：＿＿＿＿＿　年齡：＿＿＿＿　職業：＿＿＿＿＿＿＿　電話：＿＿＿＿＿＿＿

地址：＿＿＿＿＿＿＿＿＿＿＿＿＿＿＿＿＿＿＿＿＿　Email：＿＿＿＿＿＿＿＿＿＿＿　□ 訂閱奇幻基地電子報

想對奇幻基地說的話或是建議：＿＿＿＿＿＿＿＿＿＿＿＿＿＿＿＿＿＿＿＿＿＿＿＿＿＿＿＿＿

請剪下右邊點數，集滿十點寄回奇幻基地即可參加抽獎，影印無效。

引路